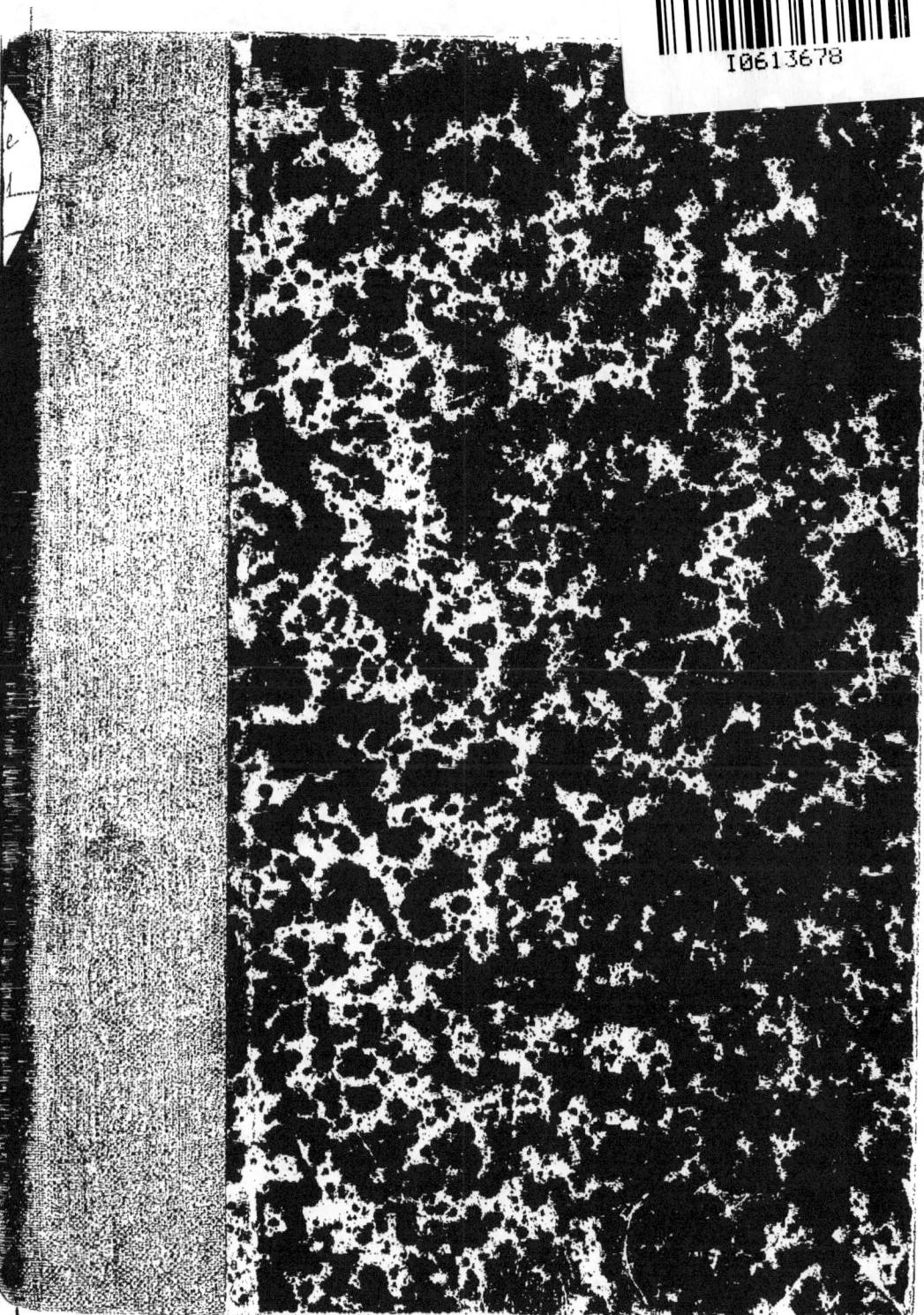

ARY RENAN

RÊVES D'ARTISTE

AVEC DEUX HÉLIOGRAVURES

PARIS

CALMANN LÉVY, ÉDITEUR

3, RUE AUBER, 3

1901

RÊVES D'ARTISTE

ARY RENAN

RÊVES D'ARTISTE

PARIS

CALMANN LÉVY, ÉDITEUR

3, RUE AUBER, 3

ARY RENAN
1857 1900

AVANT-PROPOS

———

Les vers qui suivent ont été écrits par Ary Renan dans les dernières années d'une vie qui devait être brisée prématurément par une lente agonie et une mort douloureuse. Les fées des mers du Nord avaient mis bien des dons dans le berceau de ce peintre et de ce poète, héritier d'un grand nom, condamné cependant à de si grandes souffrances et au regret amer de voir la vie lui échapper, sans qu'il ait pu remplir sa destinée.

Ces poésies n'ont donc pas la forme achevée.

qu'Ary Renan eût aimé à leur donner. Il n'a pas
terminé son œuvre dans le détail; elle se présente
comme une mélancolique image de cette carrière
interrompue. Mais, comme la vie du poète lui-
même, ces courtes pièces sont pleines d'aspi-
rations et tout imprégnées du sentiment du beau.

Les vers d'Ary Renan ont été rassemblés dans
une pensée de tendresse réparatrice pour celui à
qui l'outil a été arraché avant la fin du jour; à ceux
qui sentent et qui aiment, ils donneront parfois un
écho de leurs secrètes sensations; à ceux qui ont
connu Ary Renan, ils rappelleront sans doute
l'esprit ailé et la figure douloureusement ardente
de leur ami.

POÉSIES ORIENTALES

Les marchands font alors sonner leur bourse pleine,
Et regardent partout si nul sequin ne traîne ;
Puis, quand ils sont couchés, je m'en vais sur le port,

Caresser dans la nuit les seins de mon amante
Et voir glisser dans l'ombre où la terre s'endort
Le sillon lumineux d'une étoile filante.

1897.

ORGUEIL

Les brahmanes m'ont dit : « Médite les Soutras ;
L'accès du grand Repos s'ouvre à la rêverie. »
Ceux dont la robe est longue et la mitre fleurie
M'ont offert le plaisir et m'ont tendu les bras.

Puis les nobles m'ont dit : « Suis-nous ; tu choisiras
La caste parmi nous, avec la draperie
Qui te sied... » J'écoutais, dans la léproserie
Le tchandala chanter : « Aime, et tu souffriras. »

Et j'ai choisi d'aimer et de souffrir dans l'ombre ;
J'ignore mes péchés ; on dit qu'ils sont sans nombre ;
Mais la sagesse et l'or n'ont point séché mon cœur.

Marchant sous l'anathème et chargé d'hérésie,
Du lotus éternel j'ai respiré l'odeur,
Et dans ma tasse en bois j'ai goûté l'ambroisie.

                              Mai 1891.

ANARGALI

Dans le palais hindou, la belle Anargali,
La favorite, est lasse, et le roi qui l'adore
Regarde en frémissant couler sur la mandore
Les pleurs de son amante au visage pâli.

Près des étangs sacrés où chante un bengali,
Imprudente, elle a vu le prince de Lahore
Causer avec son maître; et le blond soleil dore
Pour la dernière fois la perle de Delhi.

Comme on coupe un épi, le roi l'a condamnée,
Sous le poignard fatal, elle s'est inclinée ;
Et le roi, regrettant celle qu'il aime encor,

Devant un tombeau blanc ceint d'une colonnade,
Où le nom de la morte est inscrit en traits d'or,
Chaque nuit va porter une rouge grenade.

Beyrouth, 1884.

LE CALENDER

Je suis le calender obscur, mais fils de roi,
Qui regarde partir les chefs de caravane,
Et s'endort en chantant un distique profane
Dont le sens reste obscur à qui n'a pas la foi.

Plus pauvre qu'un derviche ou qu'un noir sans emploi,
Je cueille au bord du fleuve une simple banane,
Et j'aide à décharger les fruits de Taprobane,
Les perles de Bouchir, et l'ambre de Goa.

ISLAM

Auprès des Pharaons, dans leur temple écroulé,
Sordide et saint parmi les plus saints, le stylite
Domine d'un regard le nôme hermopolite
Qui jaunit au soleil sous l'or des champs de blé.

Assis sur la colonne, au long fût cannelé,
Il ne s'aperçoit pas que la Foi périclite ;
Et chaque nuit, sans peur, du haut du monolithe,
Il voit briller Isis sur le Nil étoilé.

2

Chaque jour, calme et pur, sur le bloc de porphyre,
Les yeux tout grands ouverts, il fait ses oraisons
Et sa prière vole aux brûlants horizons;

Mais quand il voit au loin le croissant de l'Hégire,
Il tressaille de crainte et met ses bras en croix,
Car la terre d'Égypte a tremblé par trois fois.

Tunisie, 1891.

LE MÉDRESSEH

Les céramistes ont dans une argile ingrate
Découpé savamment mille ornements divers
Qui s'inscrivent dans l'or, et les ont recouverts
De couleurs que le four cuira sans disparate.

D'après les procédés des Persans de l'Euphrate,
Ils ont broyé les bleus, les ocres et les verts
Et sur le minaret qui brave les hivers
Fait courir des rinceaux entre chaque sourate.

Bou-Médine repose en ce blanc Médresseh ;
Sage docteur, il a dans Tlemcen professé
Le dogme d'Aristote et la sainte croyance.

Suivant le dernier vœu du vénéré mollah,
Les fidèles liront auprès du nom d'Allah
Son nom d'azur sans tache écrit sur la faïence.

Tlemcen, 1891.

L'ANNEAU DU KHALIFE

Haroun, khalife auguste et par les musulmans
Tenu pour un grand sage, avait une amulette,
Un anneau sans valeur, pris au doigt d'un squelette,
Cadeau fort délicat d'un de ses nécromants.

Par caprice, il avait juré ses grands serments
De ne le point donner ; en faisant sa toilette,
Il le passait d'abord dans une cordelette
Et le portait au col avec ses talismans.

Or, il s'en dessaisit une nuit dans un bouge,
Pour l'amour d'une femme, une brune à l'œil rouge,
Qui jouait du tambour aux portes du sérail.

C'était Sémiramis, à ce que dit la fable,
Qui venait racheter son bel anneau d'émail
Autrefois par mégarde égaré dans le sable.

A BYZANCE

Les mercenaires goths et les silentiaires,
Portant des verges d'or et de luisants faisceaux,
Dans le sigma de marbre aux antiques arceaux,
Attendent l'empereur, debout près des barrières.

Et l'on voit au travers des cyprès séculaires
Qui sur la Corne d'or découpent leurs fuseaux,
Les antennes briller aux mâts blancs des vaisseaux,
Comme des croix d'argent dans de verts cimetières.

Et le sinistre essaim des corneilles du port
Vers les dômes blanchis prolongeant son essor,
Jetant son triste appel aux flots bleus du Bosphore,

Vole autour du portail de l'hagia Sophia
Jusqu'au stylite obscur auquel Dieu confia
Qu'il avait condamné Phocas le Nicéphore.

RUISSEAU D'ORIENT

Païenne Banias, Kedesch, verte vallée,
Pays de Dan, où va ce flot de pur cristal
Qu'épanche en pleurs glacés la neige immaculée
    Au flanc du roc natal ?

Il part en bouillonnant, jaillit dans la prairie,
Décrit un long méandre, hésite, et part encor
Pour enlacer Safed et la cité fleurie
    De son grand ruban d'or.

3

Miroir d'or et d'azur, grand lac mélancolique
Où se reflète en paix, au creux d'un doux ravin,
Magdala, Nazareth, la terre apostolique,
           Le rivage divin.

Sur ce divin rivage à l'humble solitude,
Oh! s'il pouvait enfin mettre un terme à son cours,
Dans ce bassin d'amour et de béatitude
           S'arrêter pour toujours !

Pour toujours s'arrêter, ou se perdre sans gloire
En des vergers bénis, dans le trou d'un rocher,
Ruisseau clair et profond où les chèvres vont boire
           Et les bergers pêcher !

LE JOURDAIN

Des flancs de l'Hermon vert, roi des monts de Syrie,
Inaccessible temple et redouté saint lieu,
Le Jourdain jaillit seul, éblouissant et bleu,
Œil clair ouvert au fond d'une morne prairie.

Il court, baigne une nuit, sur la berge fleurie,
Magdala qui sommeille, et dans la cuve en feu
Qu'a maudite à jamais la vengeance de Dieu,
Va se fondre au travers de la steppe flétrie.

Mais, suivant un destin éternel et fatal,
L'eau qu'Ammòn boit retourne aux flancs du mont natal,
Par les rayons de Baal aussitôt distillée;

Et chaque hiver nouveau du ciel oriental
Versant la même neige au roc monumental
Rend un nouveau Jourdain aux champs de Galilée.

SONNET JAPONAIS

Les premiers feux du jour percent la brume grise,
Dans le golfe nacré comme un camélia,
Au pied des bambous verts et du magnolia,
La jonque ouvre sa voile et la vague s'irise.

La vierge frissonnante aux baisers de la brise
Orne son front cuivré des fleurs du dahlia,
De l'asphodèle pâle et de l'hortensia
Et s'abandonne au flot que le vent pulvérise.

Près des étangs pareils à de grands miroirs d'or,
Les cigognes du lac qui prennent leur essor
Troublent les oraisons du saint anachorète,

Et jetant au passage un long cri frémissant
Vont percer le bandeau d'émail incandescent
Dont le volcan Fuji ceint sa terrible crête.

EXTRÊME-ORIENT

Les cloches des couvents ont tu leur plainte lente ;
La brise a détaché des pétales de fleurs ;
Le sommet du Fuji se perd dans les vapeurs,
La paix du soir descend sur la vierge indolente.

La brise a détaché des pétales de fleurs,
Souffles tièdes et doux, chargés d'odeurs de menthe !
La paix du soir descend sur la vierge indolente,
Mais d'où sort ce parfum aux subtiles langueurs ?

Souffles tièdes et doux, chargés d'odeurs de menthe !
O grand nymphéa blanc, aux troublantes pâleurs,
De toi sort ce parfum aux subtiles langueurs !
Le disque de la lune argente l'eau dormante.

O grand nymphéa blanc, aux troublantes pâleurs,
Oscille doucement sur ta feuille nageante ;
Le disque de la lune argente l'eau dormante
Et ta corolle ouverte où s'égrènent des pleurs !

POÉSIES DE LA MER

ARMOR

Sur les flots gris d'Armor, mer de mélancolie,
Parfois le flux, sans bruit, d'un invisible ourlet,
Borde les sables fins et les champs de galet
Comme si sa fureur était tout abolie.

Fantômes gris errant sur des contours de lait,
Les barques languissant sous leur toile mollie,
Leurs cordages épais grinçant dans la poulie,
Vont dans le brouillard blanc, sans écho, sans reflet.

Et comme les moussons qui portent aux navires
Les souffles parfumés des lointains archipels,
Voici venir à nous les sons des grandes lyres,

Les élans chaleureux et les vagues appels
Des continents d'azur et des pays de gloire,
Qui montent jusqu'au ciel en mirage illusoire.

Perros, 1892.

LE LOINTAIN VOYAGE

Je sens sourdre en mon cœur, parfois, la nostalgie
De continents trop beaux que j'ai vus en rêvant,
Et crois, dans ma folie, être le survivant
Des âges d'or contés par la mythologie.

Il est des golfes ronds où je me réfugie;
Sur leur flot familier j'ouvre la voile au vent;
Car je les reconnais : je les ai vus *avant*...
Et je m'éveille las comme après une orgie.

Laissez dormir en paix le triste passager !
Son sommeil le ramène à l'idéal verger
Des paradis perdus au sein des mers sans rides.

Peut-être qu'il entend des chants miraculeux
Sortir des eaux d'opale et des abîmes bleus.
Peut-être ai-je vécu dans l'antique Atlantide ?

LE CHANT DE L'ARGONAUTE

Voici le printemps d'or : armez mon beau navire ;
Peignez de carmin pur sa coque de santal
Et sculptez à l'avant un monstre ornemental
Qui dans les flots domptés soir et matin se mire.

Les vents sont caressants comme des sons de lyre.
Pareille au cygne errant sur un lac de cristal,
Trace un sillon, fends l'air d'un vol horizontal,
Glisse, Argo, sur les mers qui veulent te sourire.

O matelots d'Hellas ! Parfumez vos cheveux
De verveine et de menthe, et, pour aider mes vœux,
Chantez celle que j'aime en pesant sur les rames.

Mais toi, mon doux Eros, va, sans te reposer,
A la vierge au col blanc porter dans un baiser
Leurs hymnes phrygiens et mes épithalames.

Mars 1894.

LE MIRAGE

Ce soir, dans le couchant, sur les flots déjà gris,
J'ai vu partir au large, ainsi qu'un vol d'abeilles,
Des goëlettes d'or, des galères vermeilles,
Et des navires blancs de tous les gabarits.

L'escadre appareillait, penchant ses mâts fleuris
D'un pavois de victoire aux couleurs nonpareilles,
Et vers les ports heureux du pays des merveilles,
Cinglait la barre au vent et sans prendre de ris.

5

Mais elle a disparu comme un lointain mirage ;
Un grain venu d'amont a caché le naufrage,
Dans les plis irrités de ses tourbillons noirs,

Tandis que je pleurais sur le sable des grèves
Les désirs voyageurs et les vagues espoirs
Que portait dans ses flancs la flotte de mes rêves.

NAUFRAGE

La mer est un sépulcre immense et solennel,
Où la dépouille humaine et les débris des choses
Trouveront un suaire et des métamorphoses
Qui leur apporteront le repos éternel.

Ils seront dépouillés de leur masque charnel
Par les coraux pourprés et les polypiers roses,
Fleurs de chair et de marbre aux corolles mi-closes,
Qui tissent des linceuls de calcaire et de sel.

Un aveugle travail lentement les embaume,
Et transforme à son gré leur squelette impollu,
Déformant la cellule et dispersant l'atome.

O paix des profondeurs, palais bleu, morne dôme,
Glauque sérénité du silence absolu,
Reçois ma chair d'amant dans ton vaste royaume !

L'ÉPAVE

Chose sans nom, sans gloire, épave tapissée
D'antiques goëmons et de fucus amers,
Qui fais, dans l'inconnu des océans déserts,
Je ne sais quelle longue et morne traversée,

Les gros temps, les remous, la houle cadencée,
Ont heurté ta carène aux durs écueils des mers;
Mais ni les archipels ni les continents verts
N'ont encore arrêté ta fatale odyssée;

Et l'éternel ressac, au rythme grave et lent,
Des banquises du pôle à l'équateur brûlant,
Scande ironiquement ta course symbolique.

Comme un cadavre errant sans être enseveli,
Pauvre chose sans nom, misérable relique,
Je te plains ; la matière a des droits à l'oubli.

Ary Renan pinx   E Guibé sc

Écoute les sanglo's et leur volute immense
Déferler dans ton sein, ton sein d'agonisant...

AGONIE

Écoute les sanglots et leur volute immense
Déferler dans ton sein, ton sein d'agonisant,
Écoute les remords monter en se creusant
Comme avec les vents pleins les vagues en démence.

Le flot mange la grève et brise dans chaque anse
La houle au rythme dur qui se cabre au jusant ;
Mais déjà son écume est rouge de ton sang.
Et pour ton cœur aimant le martyre commence.

Sens-tu l'âpre ressac meurtrir ton cœur transi ?
Il va se fendre en deux et sombrer sans merci,
Tel un esquif perdu qui ne trouve aucun havre :

Ses lambeaux flotteront dans les embruns amers,
Pareils aux goëmons fauchés au fond des mers,
Débris de chair sans nom arrachés d'un cadavre !

UN SOIR A PLOUMANACH

Le flux au son rythmé qui sur l'anse déferle,
Soupir qui s'enfle et meurt en sanglots convulsifs,
Ourle indéfiniment d'une écume de perle
Les ilots immergés des mondes primitifs.

Le sable fin se mêle aux vagues infinies,
Mariage éternel des vierges éléments,
Planétaires hymens que les cosmogonies
Laissent inachevés et pourtant incessants.

6

Si tu crois les Dieux morts, crois morte aussi la Terre!
Elle parle pourtant le langage d'amour!
Nous l'avons entendu nous chanter en ce jour

Les hymnes des amants, leur ardente prière,
Et nous avons senti tressaillir en nos chairs
Le rêve de s'étreindre au lit profond des mers.

Juillet 1892.

LE PHARE

Quand le grand vent du nord entonne sa fanfare,
Balayant sans pitié les âpres Groënlands,
Les lourds cormorans noirs et les blancs goëlands
Font face à l'ouragan dont l'assaut les effare.

Ils partent avec lui; car son souffle barbare
Est maître de leur vol, et viennent, pantelants,
Briser leurs gros becs d'ambre et leurs beaux fronts sanglants,
Contre le dur cristal d'un impassible phare.

—

Tel notre cœur, le soir, fou d'amour et dolent,
Cherchant la vérité dans un suprême élan,
Croit voir l'aurore luire au fond de sa détresse,

Comme une lampe d'or qui brille à l'horizon,
Et fracasse son aile au choc de la Raison,
Colonne de granit qui dans la nuit se dresse !

Ile de Bréhat, 1890.

QUAND LE JUSANT DÉFERLE...

Quand le jusant déferle et que les vents sont pleins,
Le flot mange la grève et mouille les verveines ;
Elles iront briser les œillets de tes seins
Les tempêtes d'amour qui gonflent dans mes veines.

Le flot mange la grève et mouille les verveines ;
Mais les gazons fleuris de tes beaux flancs déceints,
Les tempêtes d'amour qui gonflent dans mes veines,
Leur feront un collier d'écume aux blancs dessins.

Mais les gazons fleuris de tes beaux flancs déceints,
Mes longs désirs d'aimer, mes larmes jadis vaines,
Leur feront un collier d'écume aux blancs dessins
Et tu seras semblable aux joyeuses Sirènes.

Mes longs désirs d'aimer, mes larmes jadis vaines,
Monteront à l'assaut tels que les flots sans freins,
Et tu seras semblable aux joyeuses Sirènes
Quand le jusant déferle et que les vents sont pleins.

1897.

VERS L'IDÉAL

Voici l'hiver sur nous, et la mer qui se fane
A perdu sa couleur comme un beau champ de lin,
La tourmente a voilé le miroir opalin
Des golfes, et terni leur émail diaphane.

Des bancs de brume froide errent en caravane,
Le jour qui naît, déjà, paraît à son déclin,
Le flot va se cabrer sous le fouet du vent plein
Tel qu'au fronton d'un temple un quadrige profane.

D'autres prendront des ris et resteront au port ;
Ma barque court grand-largue au-devant de la mort,
Et bondit sur le dos des vagues déchaînées.

Car mon voyage est long ; mais je porte l'aimant
Qui sauve du naufrage et j'ai fait le serment
De chercher sans repos les îles Fortunées.

ROSE DES VENTS

Longs soupirs caressants, musique d'un grand rêve,
Sons de harpe vibrants dans les pins toujours verts,
Tourbillons acharnés, voix des tristes hivers,
Et rafales de mort qui hurlez sur la grève,

Murmures lents et doux, accès de fureur brève,
Chanson du ciel qui flotte en mille accords divers,
Haleines du tropique ou cyclones pervers
Vents du Nord, vents du Sud, vents qui luttez sans trêve,

7

Je garde dans mon sein pareil à l'Océan,
Un vase de mystère, un calice béant,
D'où s'épand la colère et d'où naît la tendresse.

Vents qui soufflez en moi le deuil et l'allégresse
Mousson d'amour, mousson d'oubli, mousson de pleurs,
Qui donc vous charge ainsi d'espoir et de douleurs?

Bréhat, 1891.

SONNETS D'AMOUR

CRÉPUSCULE

Lorsque le crépuscule étend son manteau noir
Sur le jardin des cœurs où les fleurs sont pâmées,
Les pauvres fleurs d'amour tendent, pour être aimées,
La chair de leur corolle aux caresses du soir.

Viens, beau disque d'argent, impassible miroir,
Emplis les horizons de bleuâtres fumées,
Sur le rideau nacré des paupières fermées
Versant l'oubli, l'extase et l'immortel espoir.

L'oubli des bruits du monde et des volontés vaines,
L'extase du silence et des langueurs sereines,
L'espoir de nuits sans nombre et d'un néant sans corps.

Ravis les âmes sœurs, comme en apothéose,
En un sommeil divin, sans rêve et sans remords,
Et fais de nos deux cœurs une immobile chose.

                                1er janvier 1886.

PARFUM D'AMOUR

Si tu veux être grand et briller sur la terre,
Dieu taillera pour toi dans un pur diamant,
Constellé d'astres clairs comme un froid firmament,
Une âme sans défaut qu'aucune ombre n'altère.

Si tu veux être un sage en ton orgueil austère,
Il pétrira ton cœur dans un autre élément,
Dans un lingot d'or fin marqué profondément
Du poinçon consacré, tel qu'un royal statère.

Crois-moi! pour tout trésor, demande un grain d'encens,
Dont l'odeur monte au ciel en anneaux enlaçants;
Car Dieu préfère à l'or la myrrhe d'Idumée.

Qu'as-tu besoin d'un cœur de gemme ou de métal?
Va, consume d'un coup l'aromate total
Et brûle au feu d'amour ton âme parfumée.

1895.

NOUS AVONS TOUT CONNU...

Nous avons tout connu dans notre aimante vie,
Amants purs, amants fiers, amants surnaturels,
Le calme, les transports, les vœux impersonnels,
Les élans et les pleurs, tout, sauf la basse envie.

En toi j'ai tout aimé, tes élans généreux,
La tiédeur de ta bouche et ta chair carminée,
L'adorable abandon de ton âme affinée
Dans les contours mouvants d'un corps souple et nerveux.

8

Nous avons tout chanté dans nos épithalames,
La douce humilité de notre amour divin,
Son charme parfumé d'amollissants dictames,

La caresse des yeux qui se cherchent sans fin,
L'égalité des sens, et l'humaine harmonie
Qui fait d'un seul instant une extase infinie.

1896.

EXALTATION

J'ai senti sur mon cou les bras blancs de l'aimée,
J'ai vu ses seins dressés sous mes enlacements,
Mes lèvres ont cherché sa nuque parfumée,
Ses cheveux dénoués, l'ivoire de ses dents;

Le premier, j'ai touché le duvet de son âme;
Défaillant, j'ai reçu comme un cadeau royal
L'étreinte de sa chair que mon haleine enflamme
Et ce trésor plus grand, son cœur noble et loyal.

O vasque de tendresse, où je buvais la vie,
Source où j'ai rafraîchi mes transports consumants,
Épanche pour moi seul ta caresse infinie.

Caresse qui fleurit aux lèvres des amants,
Caresse qui descend sur le front des poètes,
Viens faire à notre amour de renaissantes fêtes !

1894.

LES YEUX

Il est donc vrai qu'un soir, courbé sur ton sein blanc,
J'ai sous ta frêle chair senti les heures brèves
Couler comme un doux fleuve, et le flux de ton sang
Battre ainsi que les flots sur les désertes grèves!

Doux être parfumé que j'étreignais en rêve!
Sous ta paupière fine, il est un tiède aimant,
Des éclairs nimbés d'or sous ton cil qui se lève;
Ils n'ont de sens et d'art que pour mon œil d'amant!

Les autres n'ont pas vu la source caressante
Où nage ton iris, l'arc-en-ciel lumineux
Qui brille et qui s'éteint en flocons nuageux.

Épanche sur mon front leur rosée apaisante !
En est-il de plus douce au monde que les pleurs
Qui font germer l'amour dans nos deux mêmes cœurs ?

                                        Juin 1895.

VERGER SILENCIEUX

Verger silencieux aux cyprès séculaires
Où la couleur des fruits indique les saisons,
Où les jasmins grimpants, en chaudes floraisons,
Enroulent aux bambous leurs lianes légères ;

Devant les longs arceaux je reviendrai sans bruit,
Pour mon amante étendre un tapis de prières,
Un tapis constellé de pâles primevères,
De grands lis au cœur d'or, et de belles de nuit.

Un long tapis magique, un tapis éphémère,
Où s'épanouira dans la blancheur stellaire,
La douce fleur d'amour, à l'enivrante odeur !

Et son pied blanc pétri dans une argile pure
A l'aube foulera la gerbe sans souillure
Qui sera tiède encor des larmes de mon cœur.

1880.

LE RAVIN D'HESPÉRIE

Tu l'as choisi pour nous, ce ravin d'Hespérie,
Ce frémissant retrait clos à tout fracas vain,
Molle châsse fleurie où notre accord divin
Veut qu'à tes longs transports mon désir se marie.

Tout y parle d'amour, d'hymen et d'harmonie.
L'olivier jette au sol sa grande ombre d'argent,
Et le soleil couchant dore en les caressant
Les grappes de citrons à l'écorce jaunie.

9

Quand le soir nous unit sous les géants cyprès
J'ai peur de réveiller quelque Dieu des forêts...
Des voix semblent passer dans la mousson sereine ;

C'est ta robe qu'accroche un long rosier traînant,
Et puis on n'entend plus dans le bosquet dormant
Que la gousse des fruits lançant au loin leur graine..

En Provence, 1899.

L'ESQUIF ENCHANTÉ

Perdu dans la tempête et penché sur les flots,
Éclairant de mes feux les ombres de la brume,
J'ai jeté mes trésors, mes butins, dans l'écume,
Ma voile gémissait comme en de longs sanglots.

Et le sillage était nacré d'or et d'ivoire ;
Pour alléger encor mon esquif enchanté,
J'ai jeté mes honneurs, ma folle vanité,
Mes chapelets d'orgueil, tous mes hochets de gloire.

Alors j'ai dans la nuit laissé chanter mon cœur,
Et la barque volait à chaque hymne plus vite,
Comme une lyre creuse elle vibrait en chœur.

Elle cabrait ses flancs sur les seins d'Amphitrite,
Car sur le blanc rivage où l'onde déferlait,
Déceinte et bras ouverts, mon amour m'attendait.

Rosmapamon, 1894.

LA FLEUR MORTELLE

Je nourris dans mon cœur une fleur qui me tue ;
Je la sens tour à tour se fermer et s'ouvrir,
Je l'aime et je la hais de me faire souffrir,
Car sa tige sans fin étreint mon âme nue.

Elle étale en mon sein sa corolle charnue,
Comme un calice plein d'un mortel élixir ;
Son effluve m'énerve, et je me sens mourir,
Tant ce fatal encens m'enivre et m'exténue.

Du moins portera-t-elle, en ses pétales bleus,
Un fruit qui me guérisse, un fruit miraculeux,
Conçu dans le secret d'odorants hyménées ?

Oui ; la fleur est vivante, et sa tiède senteur,
Ses grains gonflés d'amour, ses chairs jamais fanées,
Germeront dans mon âme en féconde langueur !

1884.

ÉTERNITÉ

Écoute-moi t'aimer de loin ! vois-tu, l'espace,
Entre ton libre rêve et mon front opprimé,
N'est qu'un obstacle vain, par les Dieux supprimé ;
Le temps même n'est plus, et son triomphe passe.

Je souffre en attendant, et mon âme est très lasse,
Lasse à vider le sang de mon cœur consumé ;
Mais le défi de ceux qui toujours ont aimé,
Aura raison du temps et de la mort rapace.

Pour avoir partagé l'enthousiasme pur,
Et n'avoir pas douté des choses qui sont belles,
Nous nous reconnaîtrons au firmament obscur ;

Nos délices alors deviendront immortelles ;
L'éternité n'a pas de futur châtiment
Pour les amants grisés d'un noble enchantement.

PRENDS MON CŒUR DANS TA MAIN...

Prends mon cœur dans ta main ; regarde-le longtemps,
Regarde-le frémir de douleur et de joie,
Il est à toi, mords-le, meurtris sa fibre et broie
Son tiède filigrane et ses réseaux sanglants.

Et bois mon sang d'amour en avides gorgées,
Mon sang qui tour à tour palpitant, apaisé,
Roule comme un torrent de pourpre illuminé,
Où se rafraîchiront tes lèvres altérées.

10

Et prends aussi mon âme et mes sens, et ma chair ;
Je la parfumerai de miel de Béotie,
Tu la déchireras en un sourire clair.

Pour toi seule, je veux offrir l'Eucharistie
De ma dépouille humaine, et j'attendrai serein,
Le supplice si doux de mourir dans ta main.

1896.

MEMOR

O vibre à tout jamais, mémoire tant aimée,
Qui nous rends le passé de nos jours lents et beaux,
Enveloppe nos sens d'adoucissants réseaux,
Montre-nous l'existence à jamais embaumée !

A mon chevet, viens donc me visiter sans bruit ;
Chacun de tes baisers est un souffle de vie,
Mets ton sceau bienfaisant sur mes yeux ; purifie
Les souvenirs chéris où mon rêve s'enfuit.

Doux miroir du passé, mémoire consolante,
Écho de mes pensers aux courants déchaînés,
Rends-moi l'illusion des instants fortunés,

Où, les nerfs détendus et l'âme délirante,
J'ai de mes bras vainqueurs étreint tout l'univers
Dans un baiser d'amour, éternel et divers.

Mai 1897.

SOUVENIR

Oh ! pour me rappeler chaque chose adorée :
Un dôme nuancé des plus frêles couleurs,
La volupté du vrai, des grands rêves meilleurs,
Le toucher mol et doux d'une œuvre d'art aimée,

Un son de violon pareil à la fumée
D'un aromate exquis, fait de tièdes vapeurs,
Comme un lac odorant où flotteraient des fleurs,
Un parfum délicat, un parfum d'Idumée,

Quand il faudra mourir, voir, entendre et penser
Pour la dernière fois, si j'avais sur mes lèvres
Un peu de ton haleine, un caressant baiser,

Où revivraient nos pleurs, nos gloires et nos fièvres,
Dans un souffle de joie et d'auguste terreur
S'exhalerait mon âme en te laissant mon cœur !

SONNETS DE LA MORT

LA PHALÈNE

Ainsi qu'un soir d'été, sur un bouquet de menthe,
Tu vis une phalène, au vol soyeux et doux,
Se poser mollement après des cercles fous,
Elle entrera chez toi, ta triste et pâle amante.

Auprès de ton chevet, elle ôtera sa mante,
Sa robe de velours aux dessins gris et roux,
Ses bandelettes d'or et ses pesants bijoux :
Mornes préparatifs d'une étreinte endormante !

11

Et ses enlacements seront muets et beaux,
Apaisement sacré des remords et des maux !
Tu connaîtras alors sans regret et sans haine

Ses longs transports d'amour, son enivrante haleine,
Et sa lèvre cherchant ton baiser nuptial,
Elle prendra ta vie en un spasme final.

1898.

A LA MORT

Ses bras tièdes et mats, pleins d'amour et de haine,
Unissaient notre chair et nos cœurs haletants ;
Sa robe était grisâtre avec des plis flottants
Qui s'enroulaient à moi, telle une molle chaîne.

J'ai deviné son nom, un soir que j'étais las,
Et j'ai senti faillir mon amoureuse haleine.
O mort ! suce le sang dont ma poitrine est pleine,
Mêle-nous dans ton ombre et nous suivrons tes pas.

Détruis le fruit mauvais de mes fatigues vaines,
Suspends le dur labeur du réseau de mes veines,
Vois mon cœur qui palpite à rompre sa cloison.

Possède notre corps, notre âme abandonnée,
Volupté caressante au souffle de poison,
Ne m'emporte pas seul dans le vaste empyrée !

1897.

INVOCATION AU SOMMEIL

Fils de l'antique Nuit, divin sommeil, nourri
Sur ses genoux d'airain, près de ta sœur jumelle,
Dont on dit en tremblant le nom fatal comme elle,
Je t'invoque à genoux, car ton nom est l'oubli.

Coupe du grand vertige, urne de paix et d'ombre,
Fleuve issu de l'Érèbe au circuit somnolent,
Bain lustral, vasque d'or, creusée en plein néant,
Mer sereine où s'abîme et le temps et le nombre,

Hors de mes membres las et de mes pensers lourds,
Ravis-moi tous les soirs dans tes bras de velours,
Apporte à ma souffrance une apaisante trêve !

Évocateur divin des souvenirs chéris,
Tes portiques ouverts sur les champs du grand rêve
Appellent au repos mes sens endoloris !

1899.

LE LÉTHÉ

I

LES ÉPOUX

Hermès, païen Hermès, héraut des Dieux jaloux,
Toi qui pousses les morts comme un troupeau de femmes,
Vers l'Achéron, regarde à nos fronts ces deux flammes
Briller d'un même éclat mélancolique et doux.

Prends pitié, dur berger, de deux tendres époux ;
Mène-nous vers l'Hadès, ô conducteur des âmes ;
Nous y retrouverons les nuits que nous aimâmes,
Dans l'éternité due aux amants tels que nous.

Nos ombres iront là, virginales statues,
Comme des nouveau-nés, de lin blanc revêtues,
Demander à l'oubli des soirs sans lendemain ;

Et, sous les bosquets noirs, nos pâles effigies
Goûteront, côte à côte et la main dans la main,
Le charme indéfini des grandes léthargies.

1884.

II

LES AMANTS

Parmi les couples joints des amants bienheureux,
Seuls, privés du repos des souterrains asiles,
Errent en exhalant des regrets inutiles,
Ceux dont l'avare mort n'a pas comblé les vœux.

Ces fantômes brûlés d'intolérables feux,
Contre les cyprès creux heurtent leurs seins stériles,
Et blessent leurs pieds blancs sur les rochers des îles,
Où résonne sans fin leur appel douloureux.

12

Pauvres larves en deuil comme des âmes veuves,
Qui pleurez, en marchant le long des mornes fleuves,
Vos amours désunis et vos absentes sœurs,

Ne tordez pas vos bras, pauvres larves démentes,
Hermès rendra la paix à vos fidèles cœurs ;
La mort réunira les amants aux amantes.

LES VIERGES

Ceux qui n'ont pas goûté l'amour, loin du Léthé,
Demeureront toujours en phalange isolée,
De leurs vagues désirs l'urne est encor scellée
Mais leur cœur a souffert en sa virginité.

Les fiancés ont soif de la sérénité
Que boivent les élus dans l'ultime vallée ;
Changés en marbre blanc sous le noir mausolée,
La maternelle mort gardera leur beauté.

Vers les dômes glacés des forêts élysées,
Ils tendront sans fléchir leurs mains paralysées,
Dans la matière inerte à jamais absorbés ;

Et leur sein sculptural, emperlé de rosée,
Pareil aux seins durcis de pâles Niobés,
Enfermera leur âme enfin cristallisée.

SOIS TENDRE...

Sois tendre à qui t'appelle, ô grave Déité !
Ton culte est sans autel, et, par un doux miracle,
Le Naos où réside en paix ta majesté
Se dresse dans nos cœurs comme en un tabernacle.

Dans le plateau d'airain en jetant la pitié,
Seule, tu sais guérir les détresses humaines.
Nous sommes las, pareils au grain de mil broyé !
Libère-nous d'agir, et détache nos chaînes !

A toi qui donneras le bonheur absolu,
J'abandonne ma chair et mon âme d'élu ;
Emporte ce fardeau dans le noble empyrée !

Déserts mornes et beaux, vaste plaine éthérée,
Où règne le silence obscur du non-vouloir,
Le temps n'a plus de rythme au fond du gouffre noir !

1893.

EN AVRIL 1900

Dans ton voile à longs plis que la brise soulève,
N'apporte plus des fleurs pour parer nos hymens,
Des couronnes de fête et de bleus cyclamens ;
Laisse-moi respirer la blanche fleur du rêve.

Mais suis bien mon regard, vois le jour qui se lève
Franger d'or un sommet, au silence profond ;
C'est là qu'il faut monter, et que ton pied soit prompt,
Si tu veux à mon mal apporter quelque trève.

Là, squelette écorché qui vit tarir sa sève,
Un peuplier se dresse, effroi du bûcheron,
Et seul un rameau dru verdit encore au tronc.

Romps-le selon le rite et rends ta fuite brève,
Car mes lèvres ont soif du baume bienfaisant
Qui fera s'endormir mon pauvre corps gisant!

↓

AZRAËL

Il va parmi la foule, ainsi qu'un étranger,
Qui cherche son chemin, et ne parle à personne;
Il a l'air pauvre et las; mais nul ne le soupçonne,
Car il donne de l'or à qui veut l'héberger.

Ses hôtes, cependant, n'osent l'interroger;
Quand il marche sans bruit, le plus brave frissonne;
Il paraît attentif à chaque heure qui sonne
Et d'un grand roi de l'Inde on le dit messager.

13

Moi seul je te connais, visiteur d'aventure,
O triste pèlerin ! Ce livre à ta ceinture
Porte mon nom sans doute : entre chez moi ce soir.

Je n'ai pas peur de toi, malgré ton œil étrange,
Tu marques les maisons où tu dors d'un sceau noir :
Frappe la mienne aussi de ton aile d'archange !

SONNETS ANTIQUES

PANTHÉISME

Les grands dieux éternels, à qui l'homme éphémère,
N'apporte plus l'encens, les marbres blancs, et l'or,
Dans la nature épars ont des temples encor,
Où leur beauté réside ainsi qu'aux jours d'Homère.

Je sais leurs noms cachés : Déméter est ma mère,
Et j'invoque Adonis à chaque printemps mort ;
Quand elle touche terre après un long essor,
Je caresse en chantant l'aile de la Chimère.

Je vois l'hamadryade ouvrir ses bras divins
Sous l'écorce du chêne, et j'entends les sylvains,
Courir sur les gazons que leur pied leste effleure ;

Partout à mon appel des voix ont répondu ;
Mais dans mon pauvre cœur, dans mon cœur éperdu,
Quel est le Dieu qui souffre ou la nymphe qui pleure ?

1884.

HELLAS

Veillez, dieux protecteurs, et toi, veille, Athéné !
Sur les villes de marbre et sur les champs d'Hellade.
Un Titan se révolte; un frère d'Encelade
Agite sous le roc son grand torse enchaîné.

Qu'il fasse, s'il le veut, d'un geste forcené,
Jaillir du sein des flots quelque verte cyclade;
Mais qu'il respecte encor son antique' peuplade,
Et les riches moissons du peuple nouveau-né.

Vois l'Hymette ébranlé ; vois trembler la Locride,
Et parais, Athéné ! Sous ta divine égide,
Les spasmes de la Grèce attendriront ton cœur,

Pendant que tes enfants iront à l'Acropole,
Ceints de la bandelette et te louant en chœur,
A ta majesté vierge offrir un taurobole.

Juin 1894.

APPEL AUX DIEUX

Vierge froide à l'œil glauque, égide et cimier d'or,
Olivier de la paix, frêne de la science,
Toi, tutrice des lois et clef du grand trésor,
Athéné, dans nos cœurs épands ta sapience !

Vainqueur des tyrans vils, colonne de vertu,
Épurateur du mal, grand travailleur antique,
Héros vaillant, lassé, mais jamais abattu,
Héraclès, dans nos cœurs fonds le monstre athlétique !

14

Funèbre conducteur aux blancs talons ailés,
Amateur et larron des vergers solitaires,
Hermès, viens, dans nos cœurs sépare les vipères !

Éphèbe aux cheveux blonds de grâce auréolés,
Toi dont le souffle brûle et dont la lèvre est fraîche,
Éros, perce nos cœurs de ta divine flèche !

1897.

LES HARPIES

La tête sous leur aile, en triangle accroupies,
Au milieu des débris d'un immonde repas,
Dorment, en digérant comme des corbeaux las,
Sur la tour de la mort, les fatales harpies.

Lentement, dans l'espoir de carnages impies,
L'une a dressé son col de femme, ouvert ses bras,
Et déchiré l'éther d'un lugubre et long glas :
Importune Aëllo, je sais que tu m'épies.

Abrège par pitié ton triste tournoiement ;
Prends-moi ; mange mes yeux et mes lèvres d'amant,
Et cherche bien mon âme en fouillant la chair vive :

Tu ne l'atteindras pas, malgré ton cri vainqueur,
Mais tu délivreras l'invisible captive,
La petite Psyché que je portais au cœur.

JEUX DIVINS

Les neuf Muses parfois, au pied du Cithéron,
Ont des jeux enfantins d'où la morgue est bannie,
Et laissent reposer le multiple génie,
Les grands secrets divins qu'abrite leur beau front.

L'eau du bain vespéral emperle leur giron,
Puis, changeant leurs atours et sans cérémonie,
Clio simule Euterpe et Thalie Uranie
Dans le chœur chaste et vif qu'elles mènent en rond.

Apollon, qui les aime, approuve d'un sourire,
Et, contre des pipeaux changeant sa lourde lyre,
Il se fait chevrier, mêlant ses ris aux leurs.

Mais s'avisant soudain de la supercherie,
Un pédant tout honteux de son étourderie,
Se sauve bafoué par les espiègles sœurs.

A SABINUS

Veux-tu, cher Sabinus, dessiner pour mon vin
De riches gobelets? Dans l'argent pur, cisèle
Au goût de ton pays la luisante vaisselle
Où mes gens verseront le breuvage latin.

Mais pour le philosophe assis à mon festin,
Et dont la verve amère à l'ironie excelle,
Cherche dans mon Flaccus une image, et prends celle
Du Néant qui nous guette et nous aura demain.

Peut-être que demain le verdoyant Vésuve
Se séchera soudain ; mais le moût de ma cuve
Nous rend voluptueux et nous fait esprits forts.

Sculpte les grands défunts et les artistes morts,
Larves au nom célèbre en lugubre toilette,
Et saoulons-nous dans l'or où sourit leur squelette !   .

A LOLLIUS

Tout meurt, ô Lollius ! Vois, ta rose est fanée :
Jette-la ! Ces dieux même et ces grands soleils d'or
Que l'homme faible admire accomplissent leur sort ;
L'éternité pour eux dure une matinée.

Au sablier fatal l'heure est vite égrenée ;
Soupirer ou se plaindre est un stérile effort ;
Tout coule comme un fleuve, ou s'effeuille, ou s'endort :
Toute chose sur terre est chose infortunée.

15

Mais n'es-tu pas choqué des suppliants discours,
Que le rustre obstiné prodigue à des dieux sourds,
Quand il montre en public un vulgaire délire ?

Taisons-nous, mon ami. Le sage, indifférent,
Sur un rythme secret doit accorder sa lyre,
Souffrir avec pudeur et sourire en mourant.

VARIA

RAGUSE

Telle une aïeule noble au front pur et sans pli,
A qui ses voiles fins pendent sur le visage,
Mourante en un sourire où fleurit son grand âge,
Raguse est reine encore au royaume d'oubli.

Reine sous l'étendard de saint Blaise aboli,
Reine dont les malheurs ont perdu l'apanage,
De ses escadres d'or pas un ais ne surnage,
Et sur ses blancs palais son blason est terni.

Matrone auguste, toi que la vieillesse sacre,
Repose dans l'azur, dans l'ambre et dans la nacre,
Achève dans la paix ton long rêve vermeil.

Seuls, des amants viendront, sans troubler ton sommeil,
Sous les lauriers en fleurs de tes jardins dalmates,
En silence s'aimer parmi les aromates.

Septembre 1898.

LE CRISTAL

Dans les veines des monts, au flanc du roc natal,
Qui des chaos passés a conservé l'empreinte,
Transparent comme l'eau qui goutte à goutte suinte,
Palpite obscurément le prisme du cristal.

L'aveugle volonté de son afflux vital
En améthyste pâle, en verdâtre hyacinthe,
Transforme lentement l'oxyde qui le teinte;
Son invisible cœur suit un destin fatal,

Et pour cicatriser la blessure secrète,
Refait la pyramide et ravive l'arête
Qu'a détruite le flot par les torrents roulé.

Le diamant scintille au front d'un diadème ;
Mais le cristal grandit aux flancs des monts scellé,
Telle du cœur humain, l'incorruptible gemme !

Faido, 1895.

L'ÉMAILLEUR

Salut, maître, ta main fut heureuse et sincère !
Avec la fermeté d'un ancien monnayeur
Qui, tenant son marteau d'un geste sans frayeur,
Gravait un Jupiter sur le coin d'un statère,

Comme lui, soucieux d'un idéal austère,
Imprégnant dans l'or pur ton pinceau le meilleur,
Tu cernes librement, ô savant émailleur,
Un profil délicat que nul défaut n'altère.

16

Tel le miroir d'un lac par l'aube velouté,
Ta plaque au feu soumise avec autorité
Fait renaître vivants, selon leur caractère,

Les traits émaciés d'un ascète très saint,
Ceux d'un sage, d'un Christ qu'une auréole ceint,
Ou bien l'énigme inscrite au front d'une Chimère.

                                        1889.

A MON MAITRE

Maître, dis-nous enfin par quel divin mystère,
Tu créas ici-bas de nouveaux paradis ;
Repose-toi chez nous, chez tes enfants, et dis
A tous l'âpre vertu, la foi que rien n'altère.

Dis les travaux, les jours, les âges de la terre,
Et la beauté des soirs après les lourds midis,
L'humanité plus douce, et tout ce que jadis
Les Muses t'ont conté près du lac solitaire.

Tu nous as prodigué le gain de tes efforts,
Le pain spirituel des tendres et des forts,
Libre moisson de l'art aux épis magnifiques.

Aujourd'hui pour t'aimer simplement, à ton gré,
Nous venons de cueillir, au bord du bois sacré,
Ces fruits, ces humbles fleurs et ces lauriers civiques.

LA LOI DES MONDES

Mon frère, écoute-moi, connais la loi des mondes,
Qui te fait si petit et si grand à la fois.
Que tu sois un derviche, un pâtre, ou roi des rois,
Tes sens restent fermés aux voluptés fécondes.

Tout vibre autour de toi dans un rythme absolu,
Les rayons lumineux des invisibles sphères,
Les sons et les vapeurs des chaudes atmosphères,
Selon les sûrs desseins du Dieu qui l'a voulu.

Caressante volute, ou spirale infinie,
Frissons des germes purs, enchaînement fatal,
L'onde à l'onde répond en vague indéfinie.

Tel est l'amour, mon frère, au fond du vide astral,
Mystérieux aimant qu'un pôle magnétise,
Il ravit, baigne, étreint, parfume et divinise !

1892.

PRÉSAGE SIBYLLIN

Du haut des midis chauds et du nocturne azur,
Le soleil triomphant et la lune abolie
Versent un charme égal à ma mélancolie,
Et me laissent devant le firmament obscur.

L'un d'or, l'autre d'argent, leurs beaux disques si purs,
M'ont fait frémir un soir, un soir de parhélie,
Comme si j'avais lu, sur leur face polie,
Le signe avant-coureur des châtiments futurs.

Tel un éclair qui luit dans une sombre éclipse,
J'ai cru voir l'ange noir qui dans l'Apocalypse,
Tient les balances d'or dans sa divine main.

Sur l'un des deux plateaux était écrit : Justice !
Et sur l'autre : Colère et Châtiment du vice ;
Mais seule, la Pitié faisait pencher l'airain.

LE RÊVE

J'ai rêvé que j'étais despote et Roi des rois ;
On encensait mes pieds comme ceux d'une idole,
Et triomphalement j'allais au Capitole,
Les bras pleins de lauriers dont j'ignorais le poids.

Las d'immortalité, fier et triste à la fois,
Mon front sacré portait la foudre ou l'auréole,
Selon les temps marqués je changeais de symbole,
Et je ressuscitai quand on me mit en croix.

17

Sur ces hochets dorés je crispais mes doigts blêmes,
Grisé par des honneurs et des supplices vains,
Dont la gloire et l'angoisse étaient toujours les mêmes.

Mais une voix m'a dit : laisse là tes emblèmes !
Caresse humainement de tes deux mains mes mains,
N'es-tu pas roi, n'es-tu pas Dieu, lorsque tu m'aimes ?

LES SAINTS AGENOUILLÉS

Les saints agenouillés pleurent dans leur cilice ;
Morts sont leurs souvenirs et morte aussi leur foi ;
Après les courts instants d'une chaste délice,
Ils ont perdu l'anneau que Dieu leur mit au doigt.

Et dans les cloîtres blancs des couvents de l'Ombrie,
Sous les sombres transepts des grands dômes toscans,
Les cierges sont éteints et la fresque pâlie
Semble un fantôme errant dans les Champs Alyscamps.

Toi qui disais d'aimer et qui prêchas d'exemple,
Enseignant en plein air, sur le bord des chemins,
Car la libre nature est un seul et grand temple,

Ascète rédempteur, frère d'Assise, viens,
Fais monter jusqu'au ciel les voix apostoliques,
Entr'ouvre l'Évangile aux races faméliques !

LES TROIS CHEVALIERS

Trois gentils chevaliers devant une fontaine,
Œil clair ouvert, au bord de la sombre forêt,
Devisaient galamment d'amour, et le cadet
Écoutait ses aînés louer leur châtelaine.

Ils pensèrent tous trois devant le flot dormant,
Aux yeux de leur amie, aux yeux de pleurs humides,
Dont ils aimaient baiser les doux ruisseaux limpides,
Plus transparents, plus purs qu'un royal diamant.

ψ

LE PREMIER CHEVALIER

« Ma dame est grave et noble, a dit le sire Orphée,
J'ai lutté pour l'avoir contre géants et rois,
J'ai conquis ses faveurs au prix de maints tournois,
Et son corps sans défaut est mon plus cher trophée.

Marchant sous ses atours, comme un paon revêtu
D'un plumage vermeil, elle a superbe mine ;
Et son front mat et blanc largement s'illumine
D'une orgueilleuse flamme où brille sa vertu.

Car les joyaux pendus à son col de sirène
N'ont pas l'éclat profond de ses yeux d'ambre noir;
Nul trésor fabuleux ne saurait prévaloir
Sur les feux scintillants de son regard de reine.

Orages d'un instant, ire et calme vainqueur,
Les grâces, les mépris, les langueurs et les larmes,
Pareils aux courts reflets qui glissent sur nos armes,
Passent sur cet abîme où je mire mon cœur. »

LE DEUXIÈME CHEVALIER

« La mienne, dit Angus, est reine de beauté,
Elle a des yeux tout bleus comme turquoise fine,
Comme écu de sinople et volute marine,
Comme lin qui fleurit sous le soleil d'été.

En vain j'ai recherché dans mes lointains voyages,
A la cour du Khalife ou du Miramolin,
Une belle dont l'œil, en son disque opalin,
Reflétât mieux l'azur, dégagé de nuages.

18

Sur la harpe d'airain, les savants ménestrels
Ont chanté sa louange à perdre leur haleine,
Comparant son sourire à la saison sereine,
Qui fait germer au sol des fruits surnaturels.

Seul, je suis l'orgueilleux qui connais la tendresse
Des regards que je sens toujours veiller sur moi;
Et c'est à leur foyer que j'éclaire ma foi,
Mon secret réconfort d'audace et d'allégresse. »

LE TROISIÈME CHEVALIER

Seul, Olivier se tait et regarde en avant
L'ombre de son cheval tourner sur la bruyère ;
Et puis, le soir venu, d'une voix noble et fière,
Il dit avec lenteur comme on parle en rêvant :

« J'ignore la couleur des doux yeux de ma mie.
Quand je les vois briller, je me sens défaillir,
Et fermant tôt les miens, sous l'afflux du désir,
Je donne aux siens tout droit sur ma mort et ma vie.

Serais-je son esclave et son amant loyal
Si j'osais comparer l'éclat de ses prunelles,
Leurs vibrantes lueurs, leurs délices mortelles,
Aux feux d'un bijou vil, fût-ce un bijou royal?

Mon rêve, illuminé par leur tiède caresse,
Monte comme l'encens jusques au firmament,
Et sans chercher d'où vient leur délicat aimant,
Je sais que j'en suis fou, car elle est ma maîtresse! »

1884.

BARDE BRETON

Barde Breton, qui vas partout cherchant les Dieux,
N'as-tu pas rencontré, dis-moi, la belle Urgande,
Et les vieux saints venus à la voile d'Irlande,
Dans une auge de pierre, au péril des flots bleus?

N'as-tu pas découvert, dans quelque Brocéliande,
Le manteau de Merlin, assez grand pour nous deux,
As-tu point recueilli, comme un tendre amoureux,
Des cheveux de Viviane, accrochés dans la lande?

As-tu trouvé la Table où s'est assis Arthur,
Au vieux temps que les Preux, ivres d'hydromel pur,
Chantèrent les bardits couronnés d'aubépine?

Ou, quand tu te sens las à l'approche du soir,
Pour étancher ta soif, as-tu, sous le bois noir,
Bu dans l'urne enchantée où buvait Mélusine?

NÉMÉSIS

Lève-toi, sors d'ici sans détourner les yeux ;
Quitte la ville en joie et méprise la fête,
Où l'on souille l'autel en blasphémant les Dieux ;
Laisse Athènes jouir de sa paix déshonnête.

Traverse l'Agora le manteau sur la tête :
La justice agonise aux pieds des magistrats,
Et tes frères, saoulés du vin qui les hébète,
Quand tu passes près d'eux ne te regardent pas.

Du mensonge leur bouche est la dépositaire :
Va dans le bois sacré jusqu'au lieu séculaire
Où dorment les grands Dieux protecteurs d'Eleusis ;

Trop lourd est leur sommeil, trop lente leur colère :
Va dans un noble effort réveiller Némésis
Ou, déçu, va mourir aux bras de ta Chimère !

PETITS POÈMES EN PROSE

19

CERCLES DE PAPILLONS NOIRS

« Nous sommes les pensées vagabondes, les pensées éphémères, les pensées veloutées de tristesse de *quel-qu'un*, qui montent et descendent dans le bleu du ciel et sur la pourpre des fleurs.

« Nous cherchons un lieu prédestiné pour y mourir dans la mue fatale qui tue les papillons et dessèche les cœurs.

« Nous avons passé et repassé le détroit de Tabarka sans nous mouiller à l'écume; nous nous sommes perchés au bout des antennes flexibles et sur les cyclamens des vieux murs.

« Nous nous sommes reposés sur les roseaux de Bizerte et nous avons suivi le courant sur une branche de cyprès jusqu'au fond du grand lac. Nous aimons le rythme des flots et des jours monotones d'Orient.

« Nous avons vu bien plus de ruines et bien plus de tombes que vous; nous savons les découvrir sous les chardons et sous la terre; nous connaissons celle de Didon et celle de tous les amants qui ont vécu jadis. Sur leur dépouille nous volons en rond et nous leur parlons à notre manière.

« Jadis, nous étions l'Ame, l'émanation des prunelles noires qui se ferment. Quand les affligés pleuraient, nous faisions cercle autour de leurs cheveux dénoués et nous étions pour eux des fragments de la forme chérie qui avait disparu.

« Ici, on vend l'oubli et le sommeil, frère jumeau de la Mort. Nous frôlons les corolles des fleurs diaprées; nous nous balançons dans toutes ces coupes ouvertes; nous défaillons dans un léthargique vertige.

« Sûrs de renaître un jour pour porter de nouvelles mélancolies, nous mourrons comme meurent les Psychés; nous fermerons nos ailes de deuil dans le cœur pantelant des pavots, quand ils s'effeuilleront sans bruit. »

Tabarka, 1890.

PERSÉE

CONTE MYTHOLOGIQUE

Hellas était comme un bloc d'opale non taillé, noyée dans un rayon de lumière joyeux et chaud. Les hommes s'agitaient au blond soleil, tels qu'un vol d'éphémères dorées, sans souci de la mort et des horizons inconnus.

Hellas était dans le monde la fleur brillante et surnaturelle qui remplit l'espace d'un parfum créateur, et dans la tiédeur émanée de la mer de Saphir, elle semblait environnée d'une poussière vermeille.

Autour d'elle les contrées paraissaient mornes et grises. Car en ce temps la nature était inachevée, et semblable au nourrisson que des bandelettes enveloppent, elle restait enserrée dans des nuées moroses.

Et pourtant le héros vêtu de son armure quitte la douce terre du pays d'Argolide. Persée, quels ennemis vas-tu combattre? Quel sera ton secours devant un péril dont tu ignores le mystère?

Les sibylles racontent que les Dieux t'ont choisi pour être le ministre d'une œuvre décidée par eux; sur tes yeux ils fixèrent leur regard et tu partis, l'audace au front, à travers l'étendue.

Tes pieds étaient portés par les sandales ailées, don du divin Hermès; ta tête était coiffée de l'armet qui rend invisible, ta droite munie du croc tranchant qui ne pardonne pas; et ton bras gauche élevait un bouclier d'acier bleui.

Ce bouclier renvoyait les éclairs à l'orage et sur son
métal luisant toutes les choses terrestres se peignaient
plus belles ou plus terribles que lorsqu'on les regarde
en face. Puisses-tu n'y voir reflété que le visage d'un
ennemi vaincu !

Ah! le lugubre voyage! L'obscurité cherchait à
arrêter le héros argien; elle le ceignait de voiles
mélancoliques, égarait ses voies et pleuvait en rosée
sur ses épaules, mais il foulait la terre comme on foule
les feuilles mortes en automne.

Il violait les frontières des espaces, guidé par une
force ignorée de lui-même. Il ne pouvait même pas
avoir peur. Les Dieux l'avaient fait sans crainte et lui
avaient donné une part de leur orgueil invincible.

Devant la grande mer sans couleur s'arrêta Persée
qui ne l'avait jamais vue, même en rêve. La nuit était
plus épaisse; le ciel n'avait pas encore d'astres au-
dessus des eaux, dont le ressac battait la rive glacée.

Car le fleuve Océan, la veine liquide qui enceint le monde d'un anneau infranchissable aux vivants, déroule ses flots autour du pays des Grées, où les trois sœurs gardent les pommes que Gaïa donna jadis à la hautaine Héra.

Le soleil, lorsqu'il paraît et disparaît dans sa coupe de verre et d'or, détournait sa course et ne lançait qu'à regret une lueur vers ces terres haïes, où le crépuscule et le silence régnaient pendant les cycles des années et des siècles.

Dans ces parages maudits, sous des blocs informes en chaos entassés, se trouvait une grotte aux parois humides. Sans trembler, Persée en franchit le seuil. Qui donc a tremblé quand il avait le secret du triomphe? Plus tard celui qui n'a pas chancelé devant le danger, tremble dans la douleur solitaire.

Entre ses sœurs les Gorgones, Méduse dormait. Elle semblait d'ivoire, et sans vie. On voyait ses dents

blanches et les vipères livides de sa chevelure ne veil-
laient plus. Jamais la terre étincelante ne vit un joyau
pareil à ses deux seins d'argent.

Méduse dormait ; dans sa torpeur elle murmurait à
ses sœurs, les Gorgones décrépites qui grinçaient des
dents, couchées sur le goëmon amer, où lasses, elles
s'endormaient aussi du lourd sommeil de leur immortalité :

« Je vois comme une lumière douce... On marche...
on frôle la terre ; c'est peut-être le pas d'un mortel
qui me sera cruel et cher, celui qu'espère ma virginité, celui que mes membres attendent pour les
réchauffer. »

Et sa voix chanta encore : « Que la nuit est
parfumée ! Allongez-vous, vipères, et dénouez vos
liens, car l'amour est proche. Souffles, haleines,
bercez le sommeil de l'infortunée Méduse qui se
sent plus troublée ce soir, malgré que le Destin la
subjugue encore. »

Et sa voix s'éteignait en balbutiant : « Je sens aussi
la mort qui vient. Amie sera la main qui me frappera,
puisque mes jours seront enfin révolus. Je sens l'adoré
qui s'approche ; il m'apporte le bienfait de la mort.

« Le ciel s'éclaircit étrangement ; je crois être déli-
cieusement arrachée à la morne vie par celui que
j'aime sans le connaître ; et je vois de blancs flocons
s'éparpiller dans un ciel plus beau, fait d'azur et d'or.

« A moi ! Persée, à moi ! Donne un baiser viril à ma
bouche ignorante ! Je ne suis plus vivante et je ne suis
pas morte. Hâte-toi, bien-aimé ; vois mon âme qui
s'envole. Durant un court délai, je survis pour t'aimer.
Dis-moi, suis-je belle encore ?... »

Persée, qu'as-tu fait ? Tu as tué celle qui t'attendait
dans un songe enchanté, tu l'as tuée. Tu l'as tuée sans
avoir vu son visage adorable et menaçant, attentif seu-
lement au reflet que t'a renvoyé le bouclier d'acier
bleu.

Ce reflet, tu l'as regardé trop longtemps. Évanoui, tu le vois encore, et ton arme ruisselle d'un sang dont les gouttes tombent sur tes pieds, comme une pluie de vengeance et d'amour!

Et toi, Méduse, mortelle comme nous, dis-nous, — car c'est un poète qui t'interroge, — dis-nous que tu as goûté l'infini repos, que tu dors apaisée hors d'une affreuse vie, devenue supérieure au Destin que les morts dédaignent.

Comme tu étais femme, dis-nous surtout que le dernier battement de ton cœur et le dernier regard de tes yeux redoutables n'ont pas été sans puissance. Celui qui tenait ta tête en regardant ta nuque, a perçu ce frémissement et son courage en a défailli.

Celui qui ne t'a pas vue a senti cependant tressaillir sa chair quand ta paupière s'est fermée; et le sourire reconnaissant de tes lèvres a suspendu sa force superbe... Il t'aime.

Devant ton simulacre, Persée fuit sans trêve. L'image de son amante le suit : ton haleine parfumée l'enivre ; un souffle sort de tes narines, un pli triste abaisse les coins de ta bouche... Il t'aimera toujours.

Voluptueuse, invisible, tu t'es vengée de ton ennemi l'Argien. Il erre dans la démence : il a tué sa chère Méduse, et parce qu'il l'a tuée, il l'aime ; il va, il pleure ; il voudrait que son cœur à lui cessât de battre aussi.

*
* *

Homme, prends garde à l'histoire de Persée ; car, en vérité, celle qu'on appelait Méduse, c'est Illusion qu'on la nomme. Elle existe toujours. Mais comme je viens de te le dire, on ne peut la regarder en face.

Toi-même et moi-même peut-être nous serons envoyés par un ordre qu'on n'enfreint pas pour tuer notre Illusion. C'est pourquoi je te préviens dans le langage qui sert aux poètes à conseiller les hommes.

L'Illusion attend chacun de nous avec une tendresse effroyable; et tous, nous l'aimerons après l'avoir sacrifiée; c'est pourquoi je te souhaite, parce que je t'aime, de ne jamais la rencontrer.

En effet, sur l'ordre des Dieux, Persée la sacrifie sans pitié; puis il sourit en essuyant son épée. Mais le voici bientôt qui erre comme un fantôme, marchant droit devant lui sous une rosée de remords.

En tuant sa chère Méduse, l'Homme perce son propre cœur. Et pourtant elle est perverse, puisque les serpents lui font une couronne, et pourtant elle change en rocher de granit son amant attendu.

Désire-la donc si tu veux, et résigne-toi à ne jamais la voir. A moins que tu n'ajoutes foi à une légende qui fait sourire les sages (on dit même qu'il faut être impie pour la répéter).

Autrefois, dit-on, Méduse était bonne; l'Illusion se penchait vers les mortels et les baisait au front. Et c'est parce qu'elle était trop belle que les Dieux l'ont vouée à la solitude, lui marchandant la mort.

Maintenant, pour la voir, il faut être tué par elle. Mais celui qui saurait l'aborder et la caresser si tendrement qu'elle ne se réveille pas, celui-là, supérieur aux Dieux jaloux, goûterait dans ses bras d'éternelles amours.

FIN

TABLE

SONNETS D'AMOUR

SONNETS DE LA MORT

TABLE   163

SONNETS ANTIQUES

VARIA

PETITS POÈMES EN PROSE

IMPRIMÉ

PAR

PAUL BRODARD

Coulommiers.

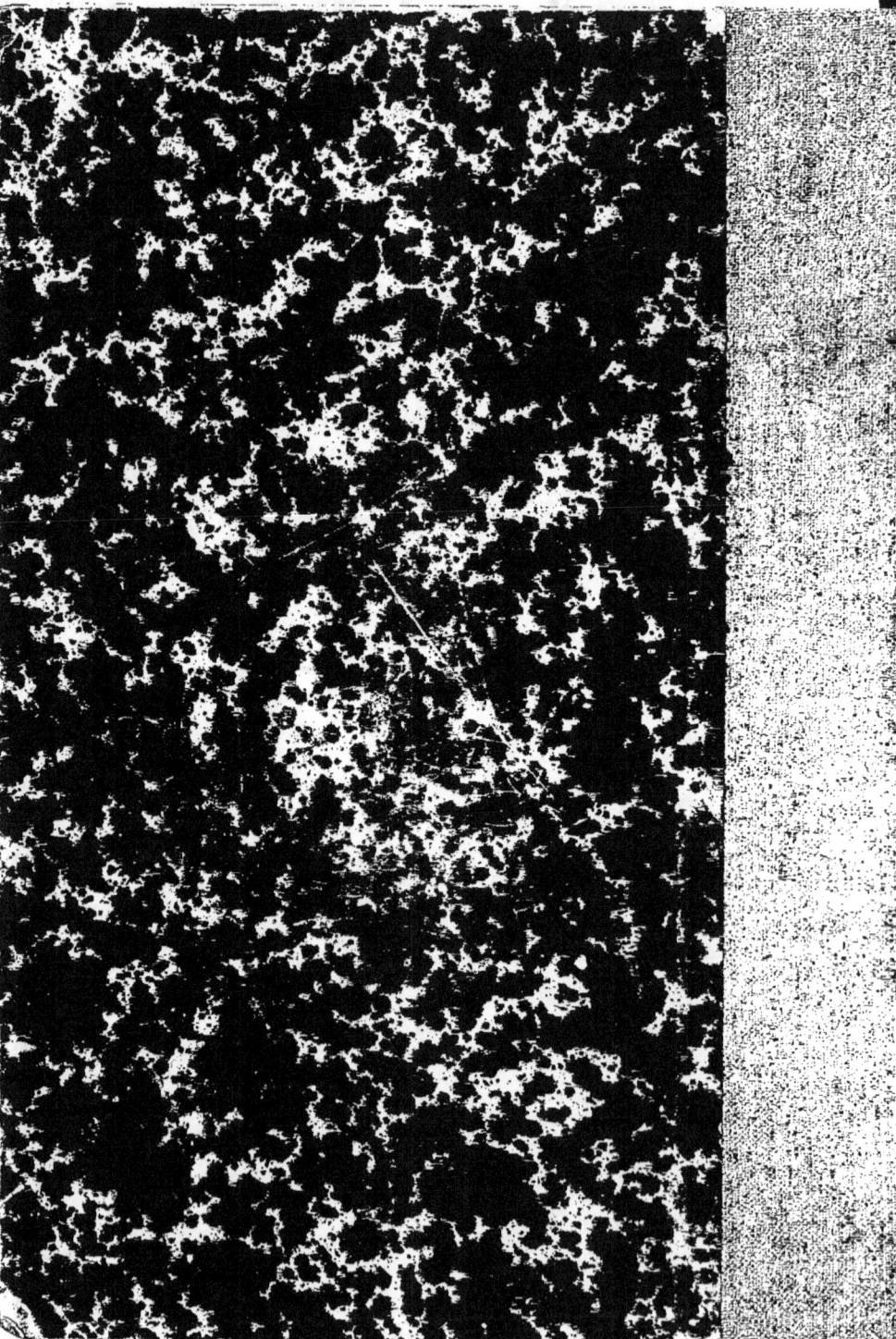

www.ingramcontent.com/pod-product-compliance
Lightning Source LLC
Chambersburg PA
CBHW070852030726
47504CB00005B/1310